寫在後壁169

謝東華詩文集

序／無心插柳

　　人生總有許多意外，也許是驚喜。

　　我不喜歡拘泥傳統卻又走不出傳統，自許陶淵明的信徒，讀書囫圇吞棗，遇事不求甚解，隨興而為，對新鮮的科技產業不感興趣。

　　投身社會的第一時間即走入新聞圈，在每天報紙一翻即見真章的〈新聞市場〉，戰戰兢兢為工作，三十年搖筆桿的日子，不敢妄言丟卻詩書學九族，五湖四海度春秋，但早已遺忘文藝風雅是事實。離開職場後，無所事事，盼著閒雲野鶴悠哉過活，也只是在公園閒逛而已。

　　初期的退休生活，堪稱單調貧乏索然無味，庸庸碌碌不知如何填充空蕩的時間，好友林全彬、堂弟信吉唯恐我與社會脫節，人生無趣，送來智慧型手機逼我跟上流行，開竅智慧，才開始學著玩臉書，慢慢的玩出心得，按讚之餘也附庸風雅的玩起文字遊戲，忘了自己已是六十開外不再是文青的年紀了。

　　我來自鄉下，順天應命的農家性格深烙心底，在那個農村經濟困窘的年代，想從事教職，無奈沒書可教，走進新聞圈，只能說冥冥中蒼天自有安排。那是大二時，系主任劉兆祐老師推荐我主編校刊之一的溪城雙週刊，因此參加暑期青年活動新

聞研習會，主辦新研會的幼獅通訊社採訪主任吳元熙，又恰是高系主任一屆的大學長，對我這小學弟特別照顧，就這樣與新聞結緣，從此踏上一條新聞不歸路。

這本書的完成，可說是無心插柳居然柳成蔭，也要感謝好友陳招宗、王舒寧伉儷、外甥劉奕陞的幫忙整理文稿、編輯檔案，還有三十多年不見仍大力促成的出版業全國聯合會楊克齊理事長。

這是我的第一本書，感謝秀威出版社給我圓夢的機會，也以此書獻給愛護我鼓勵我的朋友及無怨無悔的老婆林惠嫻。

CONTENTS

輯二

散文

輯一　新詩

一種花

有一種花

展顏陽光下

奪目卻不嬌艷

風來花落也自然

有一種人

悠活塵世裡

隨性散漫卻不浪漫

心喜空靈又怕空虛

寒士過冬也不悔

一種人

一種花

尋常百姓堂前花

一把茶壺

我有一把茶壺
一把忘了年代的老茶壺
躲在牆角佈滿塵灰
我試著拂去灰塵
拂出了如煙往事
老壺隱約逸出茶香幾許
幾許茶香滲透千古鄉愁
鄉愁瀰漫在懷念的季節

冬至那一天
來到昔日的家園
尋找那熟悉的身影
曾經是青春的歲月
在老祖母的髮上留白
在老祖母的臉上刻痕
在老祖母的手上點痣

我有一把茶壺

一把忘了年代的老茶壺

我要用這把茶壺

浸泡那一段用蒼茫寫成的鄉愁

飲盡那一壺用鄉愁煮開的歲月

歲月在流逝

流不走的是如煙往事

給我一杯酒

給我一杯酒
陪我醉一回
讓那高粱的白
　　　　　葡萄的紅
還有一絲的酣態
釀造一身的瀟灑

人說花可解語
我說酒能讀心
給我一杯酒
讓我把心讀

春天的一杯酒
就像三月的杜鵑
喝得我心花怒放

夏天的一杯酒
就像拍岸的浪濤
喝得我心血澎湃

秋天的一杯酒
就像朦朧的月色
喝得我心醉神迷

冬天的一杯酒
就像寒地的冰雪
喝得我心澄思淨

一杯酒
喝過春夏秋冬
一顆心
讀出四時境遇
喝一杯酒
讀一顆心

一台單車

迎著風

我騎著單車去逍遙

沒有吹口哨

一腳一腳踩下去

車輪滾動汗在流

我的心也澎湃

身旁景物識趣的一一往後退

迎著風

我騎著單車神遊去

一腳一腳踩下去

踩過雙冬

踩進恒春

置身夏的國度

踩過頭前溪

踩進後壁湖

看到浩瀚大海

踩過淡水

經過清水

踩進鹽水

拜訪沒落小鎮

踩著踩著

黎明到黃昏

兩輪轉動天地

轉出生命風情

如那風火輪

一腳一腳踩下去

喚回了年少的奔放

也忘了催老的歲月

迎著風

我騎著單車

騎過春夏秋冬

騎出輪轉的人生

騎出一片美麗的風景

一只貝殼

也學人浪漫一下
拋開世俗羈絆
放下僵直身段
漫步沙灘上
吹風觀浪聽潮音
拾起一只貝殼

一只貝殼
浪來隱身水底
浪去現身沙灘
那小小軀殼內
包藏多少秘密
隱藏多少故事
我很好奇

我願是一只貝殼
隨著潮起潮落
看盡塵世的起起落落

一個字

迎著晨曦

我寫了一個字

寫了一個我字

猜猜我是誰

是筆劃成形的我

還是天馬行空的我

是寫我的我

還是我寫的我

現實世界裡

有人總是自以為高人一等

不可一世目空一切的姿態

忘了我是誰

送別晚霞

再問我是誰

我

不過是一副臭皮囊
數十個寒暑的過客

一幅畫

一張白紙進化成一幅畫作

是畫者藝術智慧的結晶

傳遞一種美感

傳達一種意境

識者可以心領神會

這就是所謂的共鳴

一幅畫可以抽象可以寫實

可以創新前衛可以保守傳統

可以多色燦爛可以孤色單調

可以黑白可以彩墨

畫之所見　心之所思

人生何嘗不是如此

你可以離群索居

活在自己圈起來的天地

孑然一身　孤老以終

你也可以走入人群

與人結伴而行

哭笑一同　共營社會

人生如畫

隨你意念揮灑

一個人的夜晚

夜
靜悄悄
我
一個人
漫步星空下
四野寂寥無人語
也學古人舉杯邀月
共飲這一晚的孤獨
同嚼孤獨的這一晚

一陣風聲
帶我進入幻境
且把時間叫住
喚回年少的輕狂
採月摘星追風尋夢
只是
早春的清冷
僵住了回溯的腳步

夜漸深

靜悄悄依然

我

還是一個人

想醉

醉倒星空下

一個人的夜晚

還是一個人的夜晚

不是寒夜

沒有客來

一爐火

一壺水

舉杯向月

來否？

沉默夜空下

萬籟俱寂時

一道流星拖尾

忽焉直仆而來

告訴了我

喝吧！

今夜

且自思量

且醉一回

秋風起兮落日遠

酒蟲撓兮人影孤

今宵邀你來會飲

莫推遲　莫推遲

舉觴二鍋頭

銜杯五糧液

酌酒莫教停

且把盞醉一回

江湖道　車馬喧

鄉音斷　愁絲亂

世事榮枯如過翼

人生聚散似浮萍

舊去又新迎

憶昔時風景

人縱醉　卻難眠

月兒今又圓

老同學

春風吹過

繁花將盡

絢爛終有時

那些人那些年那些事

還記得多少

那走遠的年代

那走失的歲月

那走散的容貌

走來淡淡的思與愁

曾經

我們共聚一堂　共度青春年少

曾經

我們各奔前程　各自東西南北

只因歲月長河不舍晝夜

同學兩字早已加成為老同學三字

徒呼負負又如何

老同學　你好嗎

想看看你現在的模樣

想聽聽你久違的笑聲

什麼時候

讓我們回到那些年的那一刻

老同學

我們多久沒見面了

雖然時間疏離了我們

　　　　　空間分散了我們

只是散了可以再聚

聚散離合本是人生課題

今天

青絲已成雪

人生也耳順

什麼時候

讓我們回到那些年的那一刻

再聚一堂　再話當年

補白那一段缺頁的同學錄

呼叫同學

窗外　秋意已濃
窗內　我托著腮
昔日的憧憬
今天的憶往
拉起我生命的軸線

外雙溪的潺潺流水依然
想起從前
同學　多麼熟悉的兩個字
同窗共讀　課外嬉遊的影像
如同外雙溪的流水
一幕一幕浮現
清晰又模糊卻遙遠

憶往的溪城過客
憧憬的年少歲月
沒有輕狂沒有浪漫
只有一點點灑脫

外雙溪一別

倏忽38年　就像伊人的身影

一去不回頭　更像旅者的行腳太匆匆

望著伊人的身影

有說不出的落寞

然而旅者的行腳

豐富了人生閱歷

也裝滿了行囊　只是

時光隧道悠悠

返鄉

這天午後
太陽向西
我向南
路樹街景向後

車過八掌溪
「黃昏的故鄉
是否無恙
故鄉的黃昏
是否依然」
流水沒有告訴我
逕自向前

沉默的雲彩
也靜靜等候夜幕

寫在後壁169

後壁169

嘉南平原小農村一隅

與台灣光復同庚的三合院

已然老朽也病況百出

依然是我擁抱親情～溫暖的家

　　　　　是我懷想從前～永遠的窩

在我內心深處

如冬陽似燈塔

屋前平疇綠野　風掀稻浪　荷鋤戴月

記憶中的鄉村景致　似有還無

300公尺外　古早味的後壁車站

那些年背書包追火車的場景

不時的浮現眼前

寒暑流易　韶華荏苒

驀然回首

陽光依舊耀眼

只是40多年的歲月已隨風飄逝

飄逝的歲月醞釀了一縷思鄉的愁緒

是誰寫的：

悠悠歲月等閒過

杳杳鄉愁何落寞

欸乃一曲

浮雲那知遊子意

沒有告訴浮雲

我的鄉愁寫在後壁169

小南海
——後壁之夏

初夏即有盛暑的溫度

熱浪一波波

何處消暑

何處清涼

我想起了後壁的小南海

遠離塵囂

在僻靜的田野間

宛如樸素村姑的小南海

沒有繽紛的花草

沒有鼎沸的人聲

沒有過度的設施

沒有叫賣的店家

只有拂過水面的清風

還有幾聲蟬鳴

伴隨普陀禪寺的梵唱迴盪耳際

酷似大池塘的小南海
是我的消暑清涼地

老農與海

92歲的老者在海邊
望著太平洋的浪潮
翻騰而來又踉蹌而去
過往的歲月如斯
潮起也潮落
若有所悟
沈默

耕田一輩子的農夫
習慣了田土的腳印
今天踩在沙灘上
熟悉的土味帶有陌生的海味
交織一種無以名狀的心思
若有所得
還是沈默

酷熱的七月天
以前頂著烈日耕田

真是汗滴禾下土

今天悠閒的揮汗看海

一樣的豔陽天

老人的心境

如那浪潮起伏

若有所失

海風吹來

更是沈默

山水間的歌聲

山
靜靜的躺在前方
水
緩緩的流向遠方
仰嘯天地
走過了看盡了千山萬水
可還記得春夏秋冬的山嵐
可還記得晨曦晚霞的波影

那一天
約會山水間
吟一闋清平調
唱一曲尋夢園
找尋那記憶中的山嵐與波影

山在前方水在流
我們約會山水間
唱著我們的歌

歌聲飄落在觀音山下
在淡水河畔

山在前方水在流
我們在歌唱
唱著我們的歌
在山水間

聽見春天

微風輕輕吹起
吹來春的消息
冬衣悄悄褪去
村姑巧笑倩兮
百花粧點大地
編織一季美麗

微風輕輕吹起
吹來春的消息
看那垂柳新綠
桃李樹下成蹊
聽那枝頭鳥語
快樂就在這裡

失焦的季節

春
絢爛的
是生命的綻放
不是百花的盛開

夏
盜汗的
是下降的民調
不是上升的溫度

秋
繽紛的
是滿心的豐收
不是滿地的落葉

冬
蕭殺的
是上位的無感
不是下位的涼感

秋日無題四則

之一

在東西南北的天地間
在春夏秋冬的歲月裏
我們相遇於偶然
偶然擦出火花
火花點燃生命的光華

之二

等待日出
是一顆起伏的初心
等待花開
是一種浪漫的滋味
等待是幸福的
因為有所等待

之三

消盡了年華

顛倒了歲月

尋一夢南柯

才知道痴子說：

世界原是大戲台，毋須掬淚。

　　　　　　傻子說：

戲台本來小世界，且宜佯瘋。

之四

年少學文漫不經心

風月兩相忘

及長讀文低首下心

糟粕囫圇吞

老來為文力不從心

白頭搔更短

天地悠悠

我依然故我

只是逐日變老

瀟灑不再

風流不再

斯文不再

秋日無題四則

思鄉

人隨秋去
幾許愁緒
何時重遇
杳眇杳眇
今只羨
悠悠雲聚

漂流他鄉
故舊稀
漫漫冬夜
歸期無期
孤懷誰訴
最怕行經　曾醉處

若有所思

歲末夜涼

星稀影孤

最是懷想從前

懷想那狂狷的歲月

誇口要把太陽給吞了

寒來暑往

幾十個年頭過去

太陽依舊高高掛

當年的豪情譬如朝露

隨著陽光幻化成鄉愿一族

長安不見使人愁也說不出口

只想有一天

拋掉七情六慾的塵念

離開這一片天空

這一塊土地

還有這一群人

遨遊崑崙山巔

徜徉北海之濱

不問今夕是何年

中秋過後

中秋過後
我在熙攘塵世漫步獨行
陽光穿透層層雲朵伴我
清風拂面
秋蟬聲裡
那一段採著野菊也浪漫的日子
呼嘯而過

是深深的秋意
暈出滿山的紅顏
是滴答的鐘擺
擺向生命的河流
北風悄悄把塵封往事翻開
曾經年少的輕狂
想登峰頂摘星還攬月
且坐松下把酒也聽風

數過多少列車搭載青春遠離

看過多少流星一筆劃過天際

才驚覺

時光早已溜出了隧道

彈指間

二十個花季落去

微醺中

伸手探向太白的杯底

月兒也迴避了今宵的酣然

只有落海的秋陽

迎向

廣寒宮闕的夜涼

也是曬秋

秋陽下
背起行囊流浪去
浪迹天地間
看山看水看紅塵男女看世間百態
聽風聽雨聽禪音梵唱聽瓦釜雷鳴
想東想西想風花雪月想天道酬勤

一個人
曬在秋陽下
孤獨的身影
彳亍黃昏道上
細讀走失的流光
為初老人生繪一幅忘我行旅圖

絲路歸來

一曲涼州詞
傳唱大漠心
一彎月牙泉
多少風與塵
陽關今猶在
不見古人來

長安道　車馬喧
古城牆有穿越時空的歷史風華
兵馬俑是隱身地洞的秦朝故事
貴妃出浴的華清池畔
恰是介石遇襲逃難地

扶風法門寺是關中塔廟始祖
供奉世上僅存的佛指舍利子
史上最早的泥塑佛像千年不毀
是天水麥積山驕傲的曠世之作

遍地遺世史料的敦煌莫高窟
是八國聯軍覬覦的藝術寶庫

足登懸壁長城
眼眺塞外蒼涼
心寄征士當年
豈是苦寒可得

黃河水悠悠
天山雪皚皚
絲路風情千年史
東西文化經此流

庶民之議

我是個庶人

沒事可幹時

不是閒逛公園裏

就是遊走街市中

這時候

聽到有人罵官譙政府

就覺得很爽

偷偷的抿嘴而笑

因為

庶民的苦痛

當官的無感

不知民瘼何謂

聽那譙罵聲

就像酷暑天的落雨聲

帶來一陣涼快感

只是那譙罵聲

卻是情悽音切

讓人感傷莫名
原來庶民的快樂
竟是這般悲情也廉價
只能一聲罵
聊解心中的愁與怨

「天下如有道
則庶人不議」
這可是聖賢人語
不是我說的

願身為白痴

睜眼就是晦澀紛擾的世道
好想回到年幼無知的小時候

我生長在鄉野
當年的台灣農村
大人忙著打拼三餐
小孩自己找尋樂趣
沒有幼稚園
沒有童話故事
沒有兒童玩具
也沒有多餘的煩惱
無奈時間卻無法靜止

長大了　唸書了
識字了　開竅了
煩惱也來了
還隨著歲月更迭時空轉換而日新月異
這時候的我

寧願自己是個白痴

聽不懂政客的言語

看不懂政客的遊戲

睜眼就是紛擾晦澀的世道

政客治國

只當人民是選票工具

騙上了再說

張三蹲完換李四蹲

都是拉屎撒尿者流

如果我是充耳不聞、視而不見的白痴

該是多麼幸福

我在台中

風中雨中
我來到台中
那是生活清苦卻充滿活力
沒有3C也生機無限的年代
偶爾平地一聲雷
沒有人在雷聲下退避
這時的我學會前進

風中雨中
我還在台中
颱風天苦中作樂的日子經過了
九二一呼天搶地的場景挺過了
雖然不可逆的天災帶來驚恐
沒有人在驚慌中退怯
這時的我學會立足

走過了流汗聞得汗香的歲月
度過了追逐又放逐的那些年

一樣的天地
一樣的風雨
洩漏一縷淡淡的感傷
索忍尼辛誇稱有氣質的台中
在新與舊衝突下　已然質變
我熟悉的台中越來越陌生了

風中雨中
我徘徊在台中

看海去

海邊吹風聽浪

聽不到政治語言

海天一色看景

看不到政治嘴臉

眺望太平洋一望無際

浪潮一波波襲來又迅即退去

不太藍的天空

幾朵浮雲飄過

這裏沒有塵囂

沒有政治算計

這裏只有清風

只有看海的行者

藍天白雲

又是一個豔陽天
午後
仰望藍天白雲
宛若棉花糖的雲朵
隨心所欲的玩起變臉遊戲
淡藍的天空是舞台
觀眾是悠閒的我

放晴的日子
我喜歡仰望天空
看飛鳥看飛機看藍天白雲
看過風雲變色
看到驕陽躲進雲層
也看到了李白筆下的
「總為浮雲能蔽日」

歲月悠悠
時空穿越千百年

一樣的藍天白雲

一樣的浮雲蔽日

李白還會有「總為浮雲能蔽日」的哀愁嗎？

日曆

牆上的日曆已然消瘦
消瘦的日子勾起一串記憶
記憶就如初冬的街景
街景是匆匆而過的影像
影像有著昨天的笑聲
　　　　也有往昔的落寞
笑聲是曾經瀟灑的青春
落寞是曾經荒唐的歲月

牆上的日曆一天撕去一頁
撕去了我的昨天
撕不去昨天的背影
我把青春寫在額頭的縐紋上
我把荒唐藏在暈白的髮絲間
日曆人生依然一天消瘦一天

三字串

年關近　冷颼颼　人初老
心生慌　頻回顧　遙想那
青少兒　類痴傻　農耕家
生計差　長舌人　道短長
無所謂　別人說　耳邊風
上學去　一步步　修學程
長知識　入職場　為生活
心戰戰　業兢兢　雖有苦
唯一忍　求平安　度好日

時光機　溜滑梯　退休函
忽焉至　猛驚覺　已花甲
細思量　一路來　跌又撞
勞與累　不堪說　從今後
該如何　忘了昨　陽光下
瀟灑活　福祿壽　莫強求
得閒時　且煮酒　邀三友
共言歡　醉開懷　無憾矣

清明節

思念總在離開以後

從此

那封藏許久的惓惓情懷

沒有了曝曬的陽光

清明節這一天

點上

一炷清香化作

一縷青煙

寄上我的思念

中秋夜

中秋月圓夜

嫦娥入夢來

問我何所求

仰首向穹蒼

星稀露正濃

月沈日將升

睜眼看世間

所謂名與利

恰如水中月

撈月學李白

斗酒不成篇

酣然一聲笑

路上

人海茫茫

我們邂逅相遇

因為我們互看一眼

          微笑問聲好

我們擦肩而過

因為我們視而不見

          只是路人甲

風風雨雨人生路

尋尋覓覓一甲子

美麗的邂逅

為平淡的旅程多了一道風景

為平常的生活激起一絲漣漪

擦肩而過的疏冷

只是行色匆匆的注腳

風景

風景
在門外
在腳下
在心領神會

百聞不如一見
風景
美在身歷其境
不在言傳

三天

昨天
如同走開的背影
悄悄兮已遠離

明天
宛若天邊的彩虹
杳杳兮不可期

今天
就似和煦的陽光
悃悃兮樂活計

今非昔比

就在今夜
　　床前玫瑰無顏色
想起從前
　　月下浪漫星眨眼

想起從前
　　一支筆寫盡青春
就在今夜
　　一杯茶飲出人生

自言自語

腳踩方寸土
抬頭一片天
俯仰無愧心
逍遙又自在
奈何
看到我生活的台灣
族群分顏色
族人分黨派
罵來罵去也告來告去
只有慨嘆
人生啊人生
數十寒暑一副臭皮囊
看破紅塵掐指有幾人

五月的街頭

五月了
春景還在
人心卻浮動著
社會上異聲雜起
不同的族群解讀不同的聲音
台北的街頭也異常忙碌
怒吼的浪潮一波又一波
因為轉型正義的符咒
急急如律令聲聲催
非我族類不容置喙

不在乎誰當家的尋常百姓
習慣了漣漪就是波瀾的生活
倉促而行的轉型正義
就像一道海嘯突襲而來
浮沉在浪潮中的人民
驚慌得不知有沒有明天

五月了
春景還在
碧空如洗的台灣
忽然間
烏雲密佈雷電交加
大雨隨時傾瀉而下

五月的街頭

生活

仰望
浮現的是什麼
俯瞰
等待的是什麼
人生
就像白雲飄過
生活
要像花果滋味

夷猶

向左

向右

往前

回頭

我在十字路口猶豫徘徊

子曰

三十而立

四十而不惑

五十而知天命

六十而耳順

孔聖人之言

我不敢苟同

二十年前就已是不惑之齡

二十年過去了

諸多的人生課題還是大惑不解

遑論知天命耳順之境

思前

想後

邁開的腳步朝東

朝西

朝南

朝北

誰能告訴我

悟了嗎

我從來處來

還向去處去

來去一瞬間

悲喜憂歡何須多言

人生路上

一條通　空手來空手回

二條通　微笑與眼淚

　　　　快樂與痛苦

三條通　學習人生

　　　　拼搏人生

　　　　修養人生

風花雪月各有所好

夕陽黃昏千古同愁

悟了嗎

磨磚不能作鏡

坐禪豈能成佛

夏天的顏色

青綠是夏天的顏色

遠山蒼蒼

柳岸青青

綠草如茵

大地一片盎然生趣

面對如此活潑的風景

台灣人民竟然沒有心緒

青綠也是現今台灣的顏色

綠色執政的結果

綠油油的大數據

許多人從藍色憂鬱

轉換成綠色恐慌

群醫束手

問天無語

愁緒滿懷

黃皮膚底蘊泛著淚光

這一季夏天
台灣人民與大地同顏共色

夏天的顏色

苦瓜與歷史

苦瓜就是苦瓜
你再討厭
ㄊㄚ還是苦瓜

歷史就是歷史
就讓ㄊㄚ成為歷史
不要在牛角尖裡鑽

今日你否定前人
來日ㄊㄚ也會詛咒你
是人就要向前看
不要為折騰過去打轉

心緣

色不異空空不異色

色即是空空即是色

色非色亦是色

空非空亦是空

佛曰色空

人說心緣

緣生緣滅

聚散隨喜

譬如瓜熟蒂落

人生見解同而殊異

春夏秋冬日月星辰

飲食男女悟了多少

我老了

我愛喝茶泡茶

也喜歡陶壺

偶爾把玩一下

算是一點生活逸趣

最近竟然接連打破數只茶壺

自己都覺得不可思議

這種現象只能說明

「我老了！」

我非愛壺成癡

但打破一只茶壺

不是少了一件收藏而已

那種無形的神傷

更甚有形的痛覺

破的是茶壺

碎的卻是我心

「我老了！」

笑

看！她笑了！

看！他笑了！

看！他們都笑了！

一聲聲　一陣陣的笑傳染開來

把一室的寒氣給笑走了

把一季的寂寞給笑飛了

把你我的苦悶心情給笑樂了

把社區的冷漠關係給笑溫了

把社會的肅殺氣氛給笑開了

把冬天給笑翻了

把春天給笑來了

（我們的社會需要多一點的笑聲，就可以多一分的和諧，少一
些人得憂鬱症。）

口袋空空

風止了

雨停了

夜深了

明天呢

他的眉頭深鎖

「風花雪月」之放逐

　　昨夜
我夢著一切的美好
　　今晨
我擁有的只是一片空茫
空茫的現實讓人恐慌
恐慌得只有自我放逐

放逐自己回到原始
不再翻滾紅塵風浪
　　就如
修行者的禪定
言語是累贅
美麗是多餘的
哀愁也是

放逐的日子裡
花兒雲兒白天與我作伴
月兒星兒晚上招呼我

還有風兒不時的在耳邊呢喃

安慰著一個孤寂的靈魂

可有誰想到

孤獨的背影藏有

多少的心傷與愁腸

老子說

　絕學無憂

我想到了

「風花雪月」之初心

（放逐以後　渴望風花雪月）

當秋晚的涼風

吹破我倆的寂寞

我舉杯向你

飲你那純白的無邪

飲你那無邪的素樸

你那素樸的一顰一笑

就像翩翩飛舞在原野草花間的彩蝶

拍打我深藏的心弦

奏一曲羅曼蒂克

「風花雪月」之圈圈

（自我放逐以後　渴望風花雪月

　風花雪月以後　追求情竇初開）

春雷響起的三月天

從山城走來的青年

伸手採擷少女手植的春夢

盤桓的鳥兒唧著笑語走告

流水也寄語浮雲

且把春陽播放

露臉的春陽

升溫了兩小無猜的情竇

　　　　　在少女羞赧的容顏

　　　　　在青年泛紅的臉頰

　　　　　在手拉著手的圈圈

「風花雪月」之聽浪

（自我放逐以後　渴望風花雪月
　風花雪月以後　追求情竇初開
　情竇初開以後　祈禱愛情昇華）

那一年的一天
偏鄉的小漁村
一個小女嬰聽著浪濤聲
哭著來報到
30年後　一個男孩陪著女孩
回到昔日的海邊
聽著浪濤聲　不再哭泣
笑著追逐浪花
追逐人生的浪花

向晚的海邊
漁帆點點　飛鳥成群
數著飛鳥數著漁帆
海風吹散長髮飄逸

飄逸在臉上漾出歡顏
漾出情濃的歡顏

夕陽向西沈
暮色罩大地
浪濤依然掀波拍岸
沙灘上的腳印交錯
情愫在涼涼的海風中昇華
　　沒有言語
愛在沸騰
沸騰男與女的故事

「風花雪月」之深深

（自我放逐以後　渴望風花雪月
　風花雪月以後　追求情竇初開
　情竇初開以後　祈禱愛情昇華
　愛情昇華以後　就要海誓山盟）

千年不老的神木
有我倆的銘記深深
高掛天際的星辰
見證我倆花前月下的許諾
日升月恆的時空裡
烙刻我倆的心心相印
相印深深
深深的相印深深

「風花雪月」之喜帖

（自我放逐以後　渴望風花雪月

　風花雪月以後　追求情竇初開

　情竇初開以後　祈禱愛情昇華

　愛情昇華以後　就要海誓山盟

　海誓山盟以後　攜手走入禮堂）

數過一季的春又一季的秋

喝過一杯的茶又一杯的酒

月老終於點到我倆

在等待的日子裡

沒有多餘的心思

只有真心的祈禱

祈禱明天的廝守

有我倆共譜的生命之歌

只有含笑的輕唱

輕唱浮雲喲流水喲千里共嬋娟

今天

春也過秋也過

茶香酒濃等著你來共飲
共飲一杯幸福

「風花雪月」之喜帖

「不知所云」之酌影

山頂的風吹縐了山谷的流水

十二月天敲響了浪旅的跫音

謫仙子採月未歸

百家爭鳴的旗幟猶然搖曳

掀浪的人兒已作古

黃土堆上

尼采的瘋狂不再

拜倫的絕筆不再

泰戈爾的漂鳥不再

莊周的大鵬也不再

冰河凍過了幾世紀又活化了幾世紀

長夜依舊沐浸寰宇

北極星辰睥睨的

睥睨的

眯著一線獨傲

放指凡塵

「不知所云」之時空

倚著落日
騰出了時間
騰出了空間
捱過了春夏
又捱過了秋冬
歷史就這樣子給堆砌起來
也就這樣子的告訴我們
時間是因循的
空間是停滯的

雖然太陽的臉譜給撕碎了
我依然兀立灘頭望盡一抹斜陽

「不知所云」之印痕

擺渡底船夫引吭搖著櫓

山歌迴盪溪水潺潺

向晚底小徑

浪迹底過客孤獨走來

夜色漸深

泥上底印痕

也給霧露模糊了

「不知所云」之一把火

不必落淚

何需引傷

歷史已成歷史

悲楚不復回眸

今日台灣風雨行舟

廟堂之上那管江湖傳說

黎民三聲無奈

飲吞殘杯冷炙

何日再造輝惶

也許只能也許

穿越時光隧道

是誰記起亙古而久遠底王朝

是誰點燃那一把火

燒走了十八世紀底寧靜

封建從此留白

我心中的那一把火
該燒向誰

「不知所云」之初雪

初雪過後

臘梅吐蕊競放

冬陽乍現還隱

朵朵浮雲飄過

滴滴答答奏起惱人底長短調

溼冷空氣中

遊戲底杜鵑一聲悽鳴

劃破了沈寂底午後

撩撥了遊子底歸思

只是歸期無期

那沒有霜沒有雪只有陽光的窩巢

今安在哉

輯二 散文

一種距離

　　閒坐公園仰望藍天，忽見飛機穿雲而出凌空而過，有如模型玩具在眼前呼嘯而去，難以想像那是載我飛越高山飛渡大海環遊世界的「空中巴士」，我也曾在那玩具裡俯瞰大地，眼下的總統府、台北101，只是個小火柴盒。

　　居高臨下與坐地望天，殊異其趣。一樣的事與物，一樣的你和我，由遠看近，由近看遠，由上觀下，由下觀上，都有不一樣的視覺，不一樣的心情。

　　我相信我明白：宇宙間許許多多的事與物，因為距離的忽遠忽近而忽隱忽現忽明忽晦，距離讓我們多了奇妙的幻想空間。

　　有一種距離，肉眼所及，長是長短是短；有一種距離，藏有形於無形，遠近長短隨心伸縮。

　　有一種距離，無言名狀；有一種距離，言狀無名。

同學

　　4年同窗，40年離散，就像斷線的風箏，午夜夢迴，你可曾淚兩行？

　　當年20青春花樣，如今60花甲初老，回首顛簸的過往，你可曾喟嘆歲月太匆匆？

　　太陽下山了，明天還會升起，花朵飄落了，明年還會再開，日昇月恒循環不息，唯有人，流走的時光不會再回頭，你可曾祈禱時間停住腳步？

　　是一種緣，讓我們同窗共讀，也是一種福，讓我們相識於茫茫人海，你可曾好奇為什麼？

　　時間是無情的流水，一去不復返，人是有情的靈魂，關心彼此，同學一場，你可曾無悔？

後壁人

後壁，多麼親切的名字，我背著這個名字行走江湖，60年不悔。

後壁，台灣最大的穀倉，我吃這裏的米長大，60年不膩。

後壁，多麼平易的名字，不管何時何地，一聽到後壁兩字，總會莫名的側耳傾聽；不論何事何故，一看到後壁兩字，就會尋寶似的睜眼直視。

後壁，稻米的故鄉，人居的村落，草根味十足，耕田種稻、樸直憨厚的後壁人，喊一聲「喂！」，說一聲「hi」，稱他莊稼人也好，叫他鄉下人也好，後壁人都會點頭說好。

家在後壁

　　我高中即離家，在60年的歲月中，四分之三的時間是浪迹的「遊子」，每次回家，總想看看家鄉的變化。

　　農忙時，農夫與水牛交織的農田景象，豐收季節，稻浪隨風搖擺，夕陽下，金黃的農村風情，是我鮮明也永遠的家鄉記憶。

　　記憶中的家鄉，正走在變與不變的十字路口。

　　歷經百年風霜的後壁車站，簡單的木造建築，充滿古早味的鄉情，是旅外遊子心繫的驛站。

　　四周都是農田的土溝，在南藝大師生的雕琢改造下，巧變成為農村美術館，旁邊的林初埤木棉花道，更是產業道路的驕傲，木棉花盛開時，還得動員交通管制。

　　烏樹林糖廠不再製糖，轉型為蘭花生技的搖籃，小火車也不載甘蔗了，改載遊客欣賞田野風光。

　　菁寮老街是昔日農村聚落的縮影，只是不見人潮，沒有當年的熱鬧場景，是現實農村沒落的樣版。

　　曾是頑童戲水池的嘉南大圳，依然是嘉南平原的大動脈，默默守護著千萬頃農田。

　　在地人後花園的小南海，宛如是個未施脂粉的村姑，沒有

過度的人工化，也不叫草悟道、秋紅谷既俗又媚的名字，漫步岸邊小徑，可享受鄉間的清涼與幽靜。

北界的八掌溪，終年流水潺潺，蜿蜒入海，每次南返，看到了八掌溪，就看到了家鄉在眼前，心情當即轉換。

走在家鄉的路上，打招呼的人越來越少，左鄰右舍也有新鮮面孔，雖然熟悉的環境，卻有些許莫名的陌生感。

家鄉的景致有變也有不變，變與不變都是我的家鄉。

有人說

有人說：少抽煙，少喝酒，可以多活十年。

有人說：為了這十年，我五六十年過得不快樂，值得嗎？

煙酒也許非善類，卻是許多人銷憂解愁的聖品。

李白斗酒詩百篇，羲之醉寫蘭亭序，成就千古佳話，況且「何以解憂，唯有杜康」，更是嗜酒者的座右銘。

失意得意都想在吞雲吐霧中悟出一番道理，有事沒事來一根煙，自覺快活似神仙，是煙癮者的藉口。

人生對與錯，又如何細分？你要隨心所欲隨性而為，還是這個不可那個不行的拘束生活？

春雷　秋風　夏雨　冬雪

誰美？

煙花也有燦爛的瞬間。

又有人說

　　小時候，有人說：你不讀書，虛度光陰，浪費生命。

　　長大了，有人說：你沒有企圖心，在職場上就是個弱者，在社會上永遠只是路人甲。

　　退休後，有人說：汲汲營營，得到什麼？

　　人的一生，不論你活得多精采，也許很無奈，最後不是黃土一坏，就是骨灰一罈。

　　名不名，利不利，得與失，成與敗，都是過眼雲煙。

　　榮枯是夢幻，寵辱皆泡影，寫在雲端的，只剩空與虛，還有故與諱。

中元節這一天

　　今天是中元節，普度陰間好兄弟，看著滿桌供品，香煙繚繞，風雨聲中，霎時浮現腦海的，竟然是「生死輪迴」四字，不由得想起一位哲人的話：

　　聚散酒一杯，
　　瀟灑走過去。

　　月有陰晴圓缺，人有悲歡離合，得意失意一樣要過日子，一天還是24小時。自己的人生自己過，怎麼過？

　　得閒片刻，打個小盹，是享受。
　　忙中抽空，放個小假，是生活。
　　遊戲人生，下個賭注，是任性。
　　黑白畫面，點個火花，是藝術。

　　如何？

中秋抒懷

中秋夜，月圓無缺，沒有看到傳說中奔月的嫦娥，沒有看到故事裡伐桂的吳剛，也不見玉兔的蹤影，晚風徐徐，一念閃過：

靜觀月升日落，
未必春風才得意。

我咀嚼，我玩味這13個字。

不論得意是你失意是我，不管初一十五月圓月缺，我們舉頭望見的，就是同一個月亮。

活過一甲子，終於領悟：

平平淡淡一漣漪　　才是生活，
熙熙攘攘眾生相　　只是過客。

風吹遍世界每個角落，沒有起點，也沒有終點。

潑猴托夢

昨夜夢裏，潑猴悟空來訪，天南地北後，談及孫行者72變戲法，他忽然感嘆的說：「我的金箍棒再厲害，也比不上政客的善變，更不敵電視上那些人的一張嘴。」

離去前，還丟下一句「盜無道，盜人心者，天下人嗤之」。

悟空雖屬潑猴，然其言也正。

咀嚼悟空的話，越嚼越有味。想起民版「台灣孫中山」蔣渭水的名言，「同志須團結，團結真有力」。

生活在台灣，深感這是團結創造歷史的一刻，不是製造仇恨分化對立的時候。

今日之台灣，非一黨一人之功，亦非一黨一人之過。

「改革」兩字筆劃不多，寫起來很容易，做起來可能滿佈荊棘，但改革不是革命，不需流血，需要的是智慧。

轉型正義沒人反對，只是要先看義在那裏？是何人定義的正義？

今天逢24節氣的處暑，秋老虎依然發威，回味「盜人心者，天下人嗤之」一語，潑猴之言，聖也！

我愛做夢

　　昨天中元普度，祭拜完好兄弟，做了個好夢。

　　我夢著奧運奪金，披掛國旗繞場，接受萬人歡呼，好不威風！

　　說是白日夢也好，痴夢也好，我就是愛做夢。

　　在夢的國度裏，我是王者，可以飛天鑽地，博古通今，允文允武，發號施令，無所不能，沒有顏色對錯、沒有轉型正義、沒有民調高低的問題，不必因討好了甲得罪了乙而煩惱，不必忘卻，根本沒有煩憂。

　　我就是愛做夢，夢中的我，永遠是強者勝者，睥睨天下。

明天

　　每天報到的公園，有人在唱歌娛樂大家，趨前湊熱鬧，居然聽到「明天會更好」，這是一首溫暖人生的通俗歌曲，曾經大街小巷都在哼唱。

　　明天真的會更好嗎？人活在今天，遇到難處就開始想像明天，寄望明天，今天解決不了的棘手問題，總是習慣推給明天，祈禱明天有奇蹟出現。

　　「明天會更好」是弱者身處暗室無助時的陽光，是弱者轉化苦難今天的希望。

　　明天雖然是一個有點虛幻的未知數，卻是一個可以憧憬值得等待的機會。

　　明天過後還有明天，但願「明天會更好」是一句千古不易千真萬確的經典。

幸福那裏找

　　昨晚看電視劇，劇情的結語是「看到街角的幸福，吉宗心中感到歡喜」。

　　吉宗者，日本德川幕府八代將軍。

　　300多年前，軍國主義的日本幕府將軍尚且有創造「庶民幸福」的心思，反觀今天的台灣，街頭抗爭活動未曾停歇，人民的生活痛苦指數偏高，當權者始終冷眼看待，「幸福」兩字豈能奢求？

　　人民的痛苦，是執政者無能，還是人民咎由自取，這是台灣人必須面對的課題。

　　「街角的幸福」那裏找？

　　執政者能不心虛？

祝你幸福

　　「祝你幸福」是一句你我掛在嘴邊，經常脫口而出的貼心話。

　　祝你幸福，讓人聽起來很舒服，很有人情味，可是，幸福的定義是什麼？官大？錢多？住豪宅？開名車？娶美嬌娘？還是情人多多？……

　　且看：

　　李登輝當過12年總統，年逾90，還在日本人與台灣人間擺盪，到底是日本籍台灣人？台灣籍日本人？說得不清不楚，又怕被罵，幸福嗎？

　　陳水扁從三級貧戶之子到八年總統，原是勵志典範，如今身分竟是保外就醫的受刑人，雖然傳聞有「海角七億」，幸福嗎？

　　馬英九兩屆總統任滿，等著他的卻是官司纏身，想必他心中十分忐忑，何況被冠上〔無能〕的封號，也將百二歲的國民黨推入火坑，政權拱手讓人，背負罵名，幸福嗎？

　　世上有很多風光一輩子，突然間一夕變故，幸而不幸的故事，就如「三月桃花滿地紅，風吹雨打一場空」。

　　幸福無貴賤，不分人種族群，愛我所愛，平安快樂就是

幸福。

　　老夫妻手牽手，一起逛夜市，一起看夕陽，一起吃點心，這是幸福。

　　年輕媽媽抱著娃娃，唱著搖籃曲，這是幸福。

　　孫子喊一聲「爺爺」，爺爺就笑得燦爛，這是幸福。

　　三五好友相約小酌茶敘，共度片刻美好時光，這是幸福。

　　幸福其實很簡單，市井小民雖然生活清苦，有汗有淚，粗茶淡飯，沒有多餘的慾望，但全家相互扶持，這是幸福。

　　幸福不必花錢買，不必官威耍，幸福在你我身邊，在日常生活裏。

　　聽著雨聲入睡，是一種幸福。

　　伴著鼾聲入眠，也是一種幸福。

假日農夫

　　中秋節到了，又是品嘗文旦的季節。

　　一對教授夫妻學做「假日農夫」，買了一塊山坡地，種了一些果樹與蔬菜。

　　文旦收成了，很高興的拿了幾顆請朋友同事品嘗，還特別交代「剛採的，趁新鮮快吃」。識者聞言無不啞口，然後大笑，連「謝謝」也說不出口了。

　　「剛採的文旦，趁新鮮快吃」，雖然沒有「鹿茸是長在鹿耳朵裡的毛」那般白痴，卻也證明高學歷不等同於什麼都懂。

　　學學孔老夫子的謙遜吧！

　　「吾不如老農」

　　「吾不如老圃」

　　「文旦趁新鮮快吃」有何可笑，君知否？

竹子

　　熱得發昏的七月天，午後逗留竹林間，婆娑枝葉為我遮陽，習習清風為我吹涼，舞動竹影為我解悶，不亦快哉。

　　竹子筆直修長多節，自古即為文人所愛，寫竹詠竹的詩畫不少，並將竹與松、梅並稱「三友」。

　　宋蘇東坡說：可使食無肉，不可居無竹，無肉令人瘦，無竹令人俗，人瘦尚可肥，俗士不可醫……這首詩道盡舞文弄墨者對竹子的心思，也表現不屑庸俗的心態。

　　今人頌竹高風亮節，用以譬喻人品的高尚，並以竹子的多節，暗示祝人節節高升。

　　竹子廣受古今文人雅士所好，可惜的是竹子雖然虛心正直，卻非棟樑之材。你以為然否？

竹筍炒肉絲

　　夏天正是吃筍的季節，「竹筍炒肉絲」是一道可口的家常菜，只是每次看到這道菜餚，就想起了數十年前的校園往事。

　　當年的小學沒有營養午餐，卻天天有吃不完「竹筍炒肉絲」。在那個可以體罰的年代，老師手上的竹鞭隨時揮向你的手心、屁股或小腿肚，行為犯錯固然挨打，考試分數未達標也打，同學謔稱這是「竹筍炒肉絲」。

　　小時候避之唯恐不及的這道菜，如今回味，已無當時皮肉痛的記憶，只剩不自覺的莞爾一笑。

　　餐桌上的「竹筍炒肉絲」，你吃過，教室裏的「竹筍炒肉絲」，你嘗過嗎？

電視名嘴

　　大夯其道的電視政論節目，捧出不少名嘴成為政治明星，可以說是台灣新聞圈的特殊景觀。

　　許多人對名嘴口沫橫飛的批判時政，八卦式的放話影射，企圖藉以左右政局與民意走向的作法，頗不以為然，甚至直指是社會亂源之首。

　　我沒有名嘴的博學多聞，但直覺的以為這種十八般武藝樣樣精通的名嘴現象，有如近千年前宋朝書生「清議」風氣的翻版。

　　我中華民國雖偏安台灣，困處海島，不過，一向以亞洲第一個民主國家自居，而且沾沾自喜，當然要尊重言論自由，何況千年前的封建社會就已經容許「清議」風氣的存在，如今豈能開民主倒車？

　　回顧歷史，宋朝後為元朝取代，原因是清議風氣猖狂所致？是黨爭內鬥造成？抑或朝廷腐敗，國力長期積弱不振，民心渙散的問題？還是成吉思汗的蒙古鐵騎太強大了？撫今思昔，值得深思。

　　今天的台灣，內憂外患的處境，與宋朝末年十分類似，內有：

名嘴批政的清議風氣，

藍綠惡鬥的朝野政爭，

執政無能的腐敗朝廷。

外有：海峽對岸強國崛起，還虎視眈眈的大軍壓境威脅。

以古鑑今，怎不讓人心驚？怎不讓人唏噓不已！

何來轉型正義

執政者力推「轉型正義」，是何意？是何義？不知是何方高人的智慧？

正義之事乃是非題，只有是與非，是正義就要堅持，非正義就要導正，不是可以30分、50分、80分正義的選擇題。

正字一轉即歪，不論幅度大小。

轉型是失敗者企圖翻身的手段。

「轉型正義」乍聽之下，似乎是一句可以叫得響亮的口號，可是，正義需要轉型嗎？轉型的正義又是什麼正義？

當代散文大家陳之藩說：不是沒有人才，是沒有識人才的眼睛；不是沒有良馬，而是一些根本未見過馬的人，自欺為伯樂而已。

政客盤踞的台灣，人民只不過是一張車票，一張可以送政客到達目的地的車票，到達目的地以後的作為，就憑政客的良心與智慧了。

借用宋人吳文英的句子《何處合成愁，離人心上秋》，轉型正義一詞真是讓人心上秋啊！

史觀

　　引爆朝野紛擾的課綱微調爭議，牽涉史觀問題與執政當權者的心態。

　　且看——釣魚台誰屬？李、馬前後任總統的認知和主張，都南轅北轍。

　　再說——與中共政權稱兄道弟，是愛台還是賣台？誰說得準。

　　今天課綱可以政治微調，明天一旦政權輪替，勢必再調，教科書課綱就隨政黨命運翻轉，四年或八年調來調去，疑惑的是學生——兄弟姊妹的台灣居然不一樣；錯亂的是老師——隔幾年就被迫改變說法；笑話的是台灣——歷史竟然可以變來變去。

　　史觀是什麼？

　　誰能給答案？

一日遊

應邀台南一遊。

走在文化古城的街道上，到處可見百年老店、歷史建築，夾雜文創產物的應運而生，在新與舊的衝突下，在潮流時尚的衝擊中，我熟悉的台南也是我陌生的台南。

從古都台南轉往港都高雄，我的思緒也回到了從前，一個是我高中母校的城市，一個是我職業生涯最暗黑時的工作地點，如今幾十個寒暑過去了，舊地重遊，焉能無感？

往事如煙，當年的記憶已然模糊，但對情致景物的美感依然有心，海的激浪拍岸，山的靜坐從容，路旁的小草野花，都是妙悟生命的禪師。

在旗津海邊，海風呼嘯的瘠地上，看到多刺的仙人掌開出耀眼黃花，展現的生命力多精彩！看著仙人掌，往事如煙，如煙往事，都隨風而逝了。

黃山來去

　　「五嶽歸來不看山，黃山歸來不看嶽」，這是明代旅行家也是地理學者徐霞客說的，他更說「登黃山，天下無山」。

　　二度登黃山，我看到黃山的美，雲海、奇松、怪石盡收眼底，但我說不出也拍不出黃山有多美？美在那？

　　不過，在氣喘吁吁的登高行遠途中，不時聽到「好美！好美！」的讚嘆聲，也有年輕人不時的對著眼前足下美景高喊「黃山，我來了！」清亮的聲音在山谷迴響共鳴，大家相視不相識，卻都笑得很燦爛。

　　黃山上忽晴偶雨瞬間變化，景色隨之不同，讓人無法預測，增加了登山的難度，也增添了黃山的神秘感。

　　累是登黃山的代價，千變萬化的雲海，千奇百怪的岩石松林，連結成獨一無二的美景，是登黃山筋疲力竭的回饋，「心曠神怡」只有登上黃山才能體會。

秋天的心情

時序入秋，已有涼意，「天涼好個秋」一點也不假。

在文人筆下，秋天是個多愁善感的季節，總喜歡借題吟風詠花，舞文弄墨以抒懷，只是十之八九都是愁腸與心傷。

雖然早已過了「為賦新詞強說愁」的年紀，為了應景虛榮一下，今天，我也附庸風雅，學做一回騷人。

東風不識愁滋味
華影短歌人初醉
作客流觴吟秋涼
詩成酒醒夢也碎

秋瑾說：
秋風秋雨愁煞人。
人生在世，誰無憂與愁？
曹操說：
何以解憂，唯有杜康。
只是
藉酒澆愁也許愁更愁。

且讓

愁歸落葉隨風掃

秋天的心情不再是愁。

北海道之遊（一）

　　鄂霍次克海只在地理課本讀過。

　　帝王蟹只在美食節目看過。

　　棕熊只聽說過。

　　今天三者都見識過。

　　從旅館窗台看過去，雨中的鄂霍次克海，看不出美景在那，只是流冰一片一片。

　　帝王蟹的美味，似乎與價位的高低無關，品嘗過後，眾人同聲「不過爾爾」。

　　海，看到了，蟹，吃過了，以後，不再來了。

北海道之旅（二）

　　想像中的旅遊，應該是到處碰到人，在地的、外來的湊成熱鬧的畫面。

　　在網走往札幌的途中，經過足寄驛，停留將近30分鐘，不見行人，只有偶爾一輛汽車駛過，這樣的火車站前景象，在台灣有點不可思議。

　　讓我想起一句「浪打空城寂寞回」，陌生的城市，冰冷的空氣，靜悄悄的街道，只有我們的聲音。

　　札幌往函館的路上，已是晚春時分，仍是冰雪成堆，迎面而來的車子雖多了，一樣的不見人影，遠方來客的熱情似乎也融化不了冰封的世界。

　　這是一趟少有人氣的北海道之旅。

公園長者

　　與95歲長者對弈，是他陪我下棋，還是我陪他玩棋，也許我們只是在享受手指移動棋子的樂趣罷了。

　　這位盧姓長者，高齡95，堪稱福星公園第一老，每天午後就到公園，活動筋骨也會會棋友，空軍飛行員退伍的他，從不提當年勇，有人好奇問起出生入死的英雄事蹟，他總是笑笑、淡淡的說「那都是5、60年的前塵往事了」。

　　公園裡流動人口形形色色，三教九流，無緣的相遇不相識，有緣的點頭問好，還會聊個兩句，問個貴姓，這是社會底層的庶民生活，簡單平淡。

過年

　　準備過年了，外漂的遊子忙著張羅返鄉的車票機票，還有大包小包的伴手禮，以再苦再窮也要回家團圓的心情忙著。

　　春節，毋庸置疑是海峽兩岸、全球華人世界最重視的民俗節日，是沒有九二共識也一起普天同慶的日子，那種路上識與不識都笑容可掬互道恭喜的社會，是買不到的幸福。

　　兩岸人民也許有不同的宗教信仰、不同的政黨色彩，但春節、元宵節、中秋節…民俗節日卻是一致的，這種源遠的文化，血水的情懷，不是政治術語可以解讀的，不是說割捨就割捨得了斷的。

　　如果同文同種的文化臍帶可以切割，就試著從春節開始吧！看看有何反應。

語言文學類　PG2305　秀詩人63

寫在後壁169
——謝東華詩文集

作　　者 / 謝東華
責任編輯 / 杜國維
圖文排版 / 周妤靜
封面設計 / 楊廣榕

發 行 人 / 宋政坤
法律顧問 / 毛國樑　律師
出版發行 / 秀威資訊科技股份有限公司
　　　　　114台北市內湖區瑞光路76巷65號1樓
　　　　　電話：+886-2-2796-3638　傳真：+886-2-2796-1377
　　　　　http://www.showwe.com.tw
劃撥帳號 / 19563868　戶名：秀威資訊科技股份有限公司
　　　　　讀者服務信箱：service@showwe.com.tw
展售門市 / 國家書店（松江門市）
　　　　　104台北市中山區松江路209號1樓
　　　　　電話：+886-2-2518-0207　傳真：+886-2-2518-0778
網路訂購 / 秀威網路書店：https://store.showwe.tw
　　　　　國家網路書店：https://www.govbooks.com.tw

2019年8月　BOD一版
定價：240元
版權所有　翻印必究
本書如有缺頁、破損或裝訂錯誤，請寄回更換

國家圖書館出版品預行編目

寫在後壁169：謝東華詩文集 / 謝東華著. -- 一
版. -- 臺北市：秀威資訊科技, 2019.08
　　面；　公分. -- (語言文學類；PG2305)(秀詩
人；63)
　　BOD版
　　ISBN 978-986-326-717-1(平裝)

863.3　　　　　　　　　　　　108011532

讀者回函卡

感謝您購買本書，為提升服務品質，請填妥以下資料，將讀者回函卡直接寄回或傳真本公司，收到您的寶貴意見後，我們會收藏記錄及檢討，謝謝！如您需要了解本公司最新出版書目、購書優惠或企劃活動，歡迎您上網查詢或下載相關資料：http:// www.showwe.com.tw

您購買的書名：＿＿＿＿＿＿＿＿＿＿＿＿＿＿＿＿＿＿＿＿

出生日期：＿＿＿＿＿年＿＿＿＿＿月＿＿＿＿＿日

學歷：□高中 (含) 以下　　□大專　　□研究所 (含) 以上

職業：□製造業　□金融業　□資訊業　□軍警　□傳播業　□自由業
　　　□服務業　□公務員　□教職　　□學生　□家管　　□其它＿＿＿

購書地點：□網路書店　□實體書店　□書展　□郵購　□贈閱　□其他

您從何得知本書的消息？

　　□網路書店　□實體書店　□網路搜尋　□電子報　□書訊　□雜誌

　　□傳播媒體　□親友推薦　□網站推薦　□部落格　□其他＿＿＿＿＿

您對本書的評價：(請填代號　1.非常滿意　2.滿意　3.尚可　4.再改進)

　　封面設計＿＿＿　版面編排＿＿＿　內容＿＿＿　文／譯筆＿＿＿　價格＿＿＿

讀完書後您覺得：

　　□很有收穫　□有收穫　□收穫不多　□沒收穫

對我們的建議：＿＿＿＿＿＿＿＿＿＿＿＿＿＿＿＿＿＿＿＿

＿＿＿＿＿＿＿＿＿＿＿＿＿＿＿＿＿＿＿＿＿＿＿＿＿＿＿＿

＿＿＿＿＿＿＿＿＿＿＿＿＿＿＿＿＿＿＿＿＿＿＿＿＿＿＿＿

＿＿＿＿＿＿＿＿＿＿＿＿＿＿＿＿＿＿＿＿＿＿＿＿＿＿＿＿

11466
台北市內湖區瑞光路 76 巷 65 號 1 樓

秀威資訊科技股份有限公司　　　收

BOD 數位出版事業部

....

（請沿線對折寄回，謝謝！）

姓　　名：＿＿＿＿＿＿＿＿＿　年齡：＿＿＿＿＿　性別：□女　□男

郵遞區號：□□□□□

地　　址：＿＿＿＿＿＿＿＿＿＿＿＿＿＿＿＿＿＿＿＿＿＿＿

聯絡電話：(日) ＿＿＿＿＿＿＿＿＿　(夜) ＿＿＿＿＿＿＿＿＿

E-mail：＿＿＿＿＿＿＿＿＿＿＿＿＿＿＿＿＿＿＿＿＿＿＿